湖南省作家协会重点扶持作品

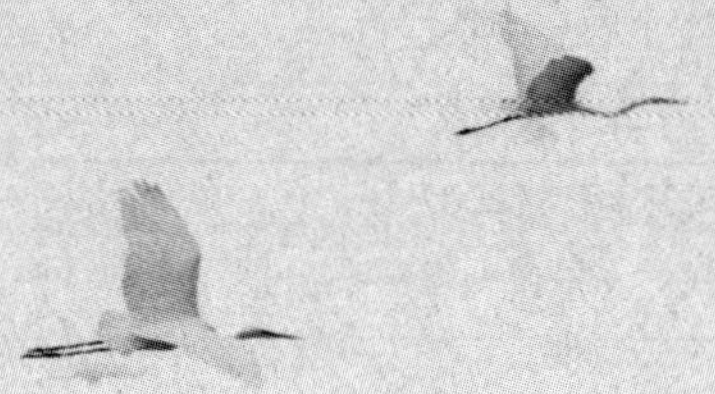

河岸上的诗与村庄

——一位驻村第一书记的驻村手记

周明　著

黄河出版传媒集团
宁夏人民出版社

图书在版编目（CIP）数据

河岸上的诗与村庄：一位驻村第一书记的驻村手记 / 周明 著. -- 银川：宁夏人民出版社，2022. 12

ISBN 978 - 7 - 227 - 07734 - 3

Ⅰ. ①河… Ⅱ. ①周… Ⅲ. ①诗集 - 中国 - 当代 Ⅳ. ①I227

中国国家版本馆 CIP 数据核字(2023)第 002007 号

河岸上的诗与村庄
一位驻村第一书记的驻村手记 周明 著

责任编辑 杨敏媛
责任校对 陈 晶
封面设计 文飞燕
责任印制 宋 华

黄河出版传媒集团
宁夏人民出版社 出版发行

出 版 人 薛文斌
地 址 宁夏银川市北京东路 139 号出版大厦（750001）
网 址 http://www.yrpubm.com
网上书店 http://www.hh-book.com
电子信箱 nxrmcbs@126.com
邮购电话 0951 - 5052104 5052106
经 销 全国新华书店
印刷装订 四川金邦印务有限公司
印刷委托书号 （宁）0025185

开本 880 mm × 1230 mm 1/32
印张 6
字数 150 千字
版次 2023 年 3 月第 1 版
印次 2023 年 3 月第 1 次印刷
书号 ISBN 978 - 7 - 227 - 07734 - 3
定价 45.00 元

推荐语

一年前，我陪同客人去贺龙纪念馆参观，周明凑在我的耳边，悄悄地说他要去扶贫了。当时听了，也没怎么在意。一年后，周明突然给我发来多达数十页的扶贫诗稿，并嘱我写几句，这让我有些惊讶。

周明这部扶贫诗集，是工作的沉淀，是思想的火花，也是在脱贫攻坚这个主战场上，作为一名驻村党支部第一书记，用诗歌记录下来的思想感悟。在他的诗歌中，我们看到了村支书、村主任这些基层干部的责任担当；看到了各种类型的贫困户，他们生命中的悲与苦；看到了普通村民生命中闪烁着的灵魂的光芒。当这些人物的命运全部组合到和平村这个小小的村庄时，看得出来，作者的目的是想通过对一个村的聚焦，来折射中国脱贫攻坚的整体风貌。通观全篇，我以为作者的目的达到了。周明的诗歌创作语言简洁，意象丰富，没有无病呻吟之态，可读，耐读。

习近平总书记深刻地指出，文艺的一切创新，归根到底都直接或间接来源于人民。文艺创作方法有一百条、一千条，但最根本、最关键、最牢靠的办法是扎根人民、扎根生活。周明应该感谢组织的安排，感恩桑植这块红色的土地，感恩和平村那些纯朴的百姓，没有这些，就不会有这部诗集。作为张家界本土成长起来的一位诗人，我也希望他更多地深入生产一线，深入人民群众，“百尺竿头，更进一步”，创作出更多更好不负我们这个伟大时代的优秀诗歌。

——欧阳斌（诗人、张家界市政协主席）

西界（周明）在这部“扶贫手记”中既突出了经验、现实的记述能力，又对武陵山脉、毕兹卡（土家族）族谱、地方性知识予以历史化和个人化的重述，时代迁变与个体命运、群体肖像以及乡土现实、世相人心在诗人的综合视界中得以深度融合、深入剖析和深情对话。时代的主题和人的命题在诗人这里同时得以揭示，这尤其可贵。

——霍俊明（诗人、批评家、《诗刊》副主编）

在文字的限制与反限制中，西界（周明）将自己的诗歌触角伸向了头顶星空的尘世众生，他既能细致描摹出那片土地上的众生相，又能在一路风雨中，穿过文字的缝隙，与那些坚忍苦涩的眼睛，转身奔向无限的梦想和希望，体现诗歌本就具有的温暖和力量，这应该也是西界诗歌写作不断生长的根系和支撑。

——王冰（《诗刊》副主编、文学评论家）

这是一部集诗意与现实、思辨与历史、神性与人性完美集结的诗歌专著，毕兹卡的歌、千年族印的情、脚踩大地的扶贫记忆，凝练在河岸上村庄的诗中，值得推荐。

——赵兴红（评论家、文学博士、中国作协创联部副处长、副研究员）

周明的《河岸上的诗与村庄》，以民族地区的脱贫攻坚作为主题书写，以驻村第一书记的情感介入与特殊视觉，站在“人”的立场，对深度体验的各个生活维度进行了重要表现，对工作触角延伸的方方面面进行了“下沉式”的挖掘。诗作聚焦了脱贫的不易与前瞻性意义，也充分提升了“手记”的真实与客观。在价值指向上，脱贫攻坚作为国家战略，是人类文明史上的“亮点”，而民族地区作为这一壮举的主战场，彰显了奋斗者的决心与意志，当这种行为转变为时代主题，并成为诗人个体经验中最值得表现的诗意诉求时，素材的丰富与题材的内涵无疑就显得结实与开阔。在我看来，他的这批作品，既有对自我写作超越的主动，也有方向性抉择的坚定，无论是对地域局限的破界，还是展现的诗思建构的自信，都经得起阅读期待。

——芦苇岸（著名诗人、文学批评家）

《河岸上的诗与村庄》是一部在艺术形式上别具一格的诗集，既有土家背鼓疾如飞瀑、缓似溪水、重如响炮、轻似拨弦的古典韵味，又有现代新诗的天马行空、无拘无束的自由风。

诗人对外部世界的记述和对内心世界的呈现达到了水乳交融的和谐，正是这些独特的文字，为我们展示了武陵山脉土家人历史的悠久与时代的变迁。

——冯明德（著名诗人、《散文诗》原主编）

周明是一位驻村第一书记，他用诗人的敏锐书写了在精准扶贫中遇到的人、事和村庄，地方性、现实性、时代性、历史性比较明显，不仅仅是现实时代的书写，也是对历史的深度思考和呈现，这是神性、理性、智性的作品，值得赏读。

——刘晓平（作家、诗人、张家界市原文联主席）

直击现场，思接千载，以第一书记与诗人的双重身份，回溯检视在向贫困宣战中的思考与面对。滚烫的音符与村庄的合曲，在场的现实与远方的协奏。追溯族印，挖掉穷根，把人、景、物、事揉捏成生活碎片，在貌似漫不经心的剪辑中，咏叹，感怀，忧思，怅惘，怜悯，同情，喜悦，讴歌，赞美，吟诵，用诗歌的形式，混合成一曲挑战贫困的多重奏。

——梁瑞郴（享受国务院政府特殊津贴专家、湖南省作协名誉主席）

周明的诗聚焦于生活肌理，善于处理个体生命与集体经验的共鸣。通过他的诗，我们看到行走在茫茫大地上一个一个散落的人。无论是想要将整个星空一饮而尽的单身者，还是一寸一步、一步一寸的登崖者，抑或是把命交给山峰的养蜂人……

他们都尝遍了人间的苦药，带着烟火气，又闪着金光。这种理想主义的基因烙进每一座村庄、每一条河流，使得整部诗集格局开阔，饱含温情。

——贺予飞（诗人、文学评论家）

好诗歌总是温暖人心和给人向上的力量，《河岸上的诗与村庄》无疑就是如此。诗人周明既立足于时代和生活的现场，又展开想象的翅膀飞抵更高的境界。他在呈现各种人物命运、现实景况的同时总是描绘出明亮的精神图谱，一切可感、可信、可敬。其诗情真挚，诗句灵动，诗境辽阔，诗魂崇高。这部作品有史诗般的厚重，它的价值会在岁月中不断地凸显出来。

——何永飞（白族诗人，少数民族文学骏马奖获得者）

目录 >> CONTENTS

第三辑　河岸上的村庄

第四辑　滚烫的血液

第一辑

千年族印

千年族印

1

赤黑洞内没有灾难和刀枪
渔猎的烟火不敢声张
务相，高过群峰
走出山洞，把清江的盐和鱼
拖进五氏联盟的胸口

2

战争与灾难狼狈为奸
逼着巴人屈服于丛林
他们退到深处，练习腿脚
从大雪清洗过的净土中醒来
踩着闪电的丝弦奔跑

3

候鸟迁徙，不是因为背后的猎枪
巴裔是在刀箭上行走的勇者，鲜血
在深谷里流，在沟壑里淌
从清江到澧水，都是千古绝唱
从武陵蛮到五溪蛮，全是不屈的头颅

4

巴楚之争，并不友好
刀尖上舔血的日子
像一把利箭
射穿巴族全部历史
退至崇山峻岭，只防守压迫

5

封建制度，在风雨中
磨着苛捐和杂税两把匕首
虎豹和豺狼藏在 2000 米以上的武陵山脉
巴人躲不过匕首，鲜血淋淋
躲不过虎豹和豺狼，伤痕累累

6

巴人命长，现在还没死，我就是证明
巴人很幸运，往火炕里跳，好像没跳一样
死了那么多人，都没停止呼吸
为了不让饥饿和寒冷吃素
巴人善于使用招魂术，对驳自然堂

7

高过人间烟火的地方，是毕兹卡的天堂
那里没有压迫，灾难，地狱
他们匍匐的姿态，像一匹野马
把人间的彩霞，一直
驮到天边，驮进武陵山脉的胸口

8

武陵山脉的茶马古道，与盐巴有关
雪山，狂风，黑夜，悬崖，遵从
马的旨意，一一隐退
赶马人将风雪和暴雨，远远地抛在身后
将盐巴驮进毕兹卡的血液和脊梁

9

清江有多清，澧水有多深
悬崖有多悬，风雨有多狂
武陵山脉深处有多少虎豹豺狼
太阳和月亮，到底落在谁家
只有毕兹卡的命运能解码

10

毕兹卡的血液流淌着钢铁
能锻打梭镖和大刀
专劈邪恶和魔鬼
明朝嘉靖年间，为抗击倭寇入侵中南沿海
毕兹卡将春节过成了赶年

11

天灾和人祸的尖刀
赶着一个民族，走进一片森林
每一根枯枝，都有刀光剑影
每一片树叶，都有风雪的蹄音
每一条河，都流淌着一个民族的血液

12

溇水河从湖北的土司城而来
赶着一匹民族的烈马
每一滴水都是溇水河的心脏
明月悬挂在悬崖上
溇水河才是星辰最好的安身之所

13

由野蛮把持着野蛮
无知和愚昧，是土司的双拐
生死悬挂在土司的舌尖上
顺从永远没有贵贱高低之分
土民顺从了命，土司顺从了天

14

武陵山很高
比武陵山高的是寺庙
比寺庙高的是佛
比佛高的是一个民族的虔诚
它们再高高不过天，而人心做到了

15

在武陵山脉，刀和箭像追命符
毕兹卡只能在悬崖上挖死的坟墓
他们认为，有武陵山的肋骨当靠山
一定能种植春天
解开白云奔跑的密码

16

毕兹卡，盐巴里长出来的民族
从不缺少肋骨和柔软的情谊
吊脚楼上的月光，一半是毕兹卡
一半是客家人
在时光的河流里和谐地流淌

17

不必山盟海誓，不必对天赌咒
澧水河里的石头，就是毕兹卡的歌
澧水的流声，从未油腔滑调
以“脑壳掉哒碗大个疤”为中心
演奏波澜壮阔的生命力量

18

与山斗，有悬梯和勒马
与水斗，有澧水号子和木排
饥饿和寒冷，并不是劫数
毕兹卡在山水间，用血汗篡改天意
破解命运的密码

19

嫁给放排佬，就等于嫁给了吊脚楼的星空
嫁给了流水中暗藏的尖刀
灾难和死亡，只是一粒尘埃
女人拿得起也放得下
她们认为，敢放排的男人是会飞的浪花

20

武陵山的水是一只柔软的乳房
供毕兹卡享用姣美和透亮
这碧绿而温热的骄傲
不仅仅喂养了男欢女爱
还成全了英雄和好汉

21

在深山老林里，赶尸匠毫不孤独
那些铜铃赶回家的鬼魂
有英雄，有豪杰
用刀尖舔过的生命
值得用符咒到魂灵脸上贴金

22

映山红开了，河里起风了
山歌就是整个天堂
与生活打成一片
无论咸与淡
都是有生命的种子

23

流水中的人与事，泥与沙
来自于悬崖，击起一些浪花
为躲避弓箭和黑心的追杀，毕兹卡
与禽兽周旋，与飞鸟比天空
坟墓才是真实的人间

24

毒虫与毒虫厮混在一起
并不能以毒攻毒
人与仅存那只混在一起
就成了蛊，只有咒语
才能解除葬礼

25

林子里不缺少伤口
老虎出山，与一只狮子扭打在一起
蛇与一只青蛙纠缠不清
松果掉下来，砸中一只小松鼠
野兔忍不住吃了窝边草

26

恶霸与地主联手
天空灰蒙蒙
偶尔冒出来一缕阳光
还带有很重的血腥
草叶的血丝，成了血淋淋的故事

27

大约有一堆枯草
敢与罪恶掰手腕
他们在白骨堆里前赴后继
随手刨开
都是一片鲜艳夺目的红

28

为争夺正义的高地
他们安眠于武陵山脉
松树的墓碑，没有姓名
只有一群鸟
唱着动听的山歌

29

在桑植这块土地上
每座山都有一块坚硬的骨头
每块骨头都是一个不屈的鬼魂
千年来，墓碑依然很锋利
夜夜磨着比刀剑还快的寒风

30

旧时光到过的地方，墓碑还在
伤心事刻得很深
痛的裂缝，已经很明显
有鬼火进进出出
只有真相才能扑灭

31

吊脚楼里的生活，是兵分两路的生存
陆路有上四川的骡子道
盐巴的黄昏悬挂在马背上，像走丢的灵魂
水路有下石门和津市的木排
只有孤独才能解救一个人的荒凉

32

在石头与石头之间，找个适当位置
安放玉米和土豆，是为了延续种子
狩猎不仅能驱逐老虎和狼
还能跟悬崖比枪声
谁的呐喊才能完好无损地回音

33

禾苗是武陵山脉抽出的新芽
需要巫师和咒语
掺水，才能养活春天
秋天举着金灿灿的火把，救活了黑夜
剩下来的草树，用来焚烧饥饿

34

酒是情感受孕的河流，透亮而辽阔
娶亲时，河水高涨
壮行时，河水波浪滔天
作为摆渡灵魂的道场
巫师还是指认酒中有块好墓地

35

烟火听命于巫师的香火
不情愿独自跃入云端
如果没有咒语
即使成为一朵云
怎么也飘不远

36

生是父母给的，死是土司赐的
土民与土司相隔太远
看不清土司城的仁慈
巫师的咒语靠近人心最柔软的部位
才能普度苍生

37

生活要躲开魔掌，必须绕道
生命回到原籍，需要一颗善良的种子
绕过屠宰场，回归山脉
把死安放到悬崖上
那是用一生逃出来的生

38

缝补大地伤口的是宽容
山向水里扔石头，水宽容了
水冲走山石，山宽容了
刀查封了生命的咽喉
巫师的咒语宽容了

39

梯玛神歌的鸟鸣，红黑相间
红是黑夜的血，黑是血液的夜
毕兹卡在梯玛神歌中静坐
是一张纸钱，花一炷香的时间
救活了深水中遭难的石头

40

良心的冲锋号，披上红袈裟
就成了救苦救难的菩萨
谁在黑夜里追赶号声
毕兹卡前赴后继地堵在枪口上
石头结满了小红花

41

寡妇是红色的，能隔着一条河
喊答应山的鬼魂
丈夫扛着枪走进阎王殿
岁月紧赶慢赶爬到河对岸
枪声开出映山红，天空就亮了

42

战火提起一只绵羊，扔进黑夜的牧场
生，空气是冰凉的
死，地底下是冰凉的
只有挤出胸口的钢针，与虎狼周旋
才能揭穿一座墓碑的谎言

43

腾出一些空间，为禽兽准备好陷阱
回到林子里，与狼共舞
一定要带好巫师写满咒语的符
不报前世的仇，只算今世的旧账
无论生死，都容不下一粒尘埃

44

恶魔罪孽深重，加浓黑夜的黑
眼泪只能往肚子里咽，长出仇恨
也不跟年轻人商量，就往胸口塞刀枪
泪水撞上枪口，与厄运拼杀
马桑树独占山头，练练鼓掌

45

吊脚楼的每一缕烟火都有一块疤痕
乌鸦充当了神，悄无声息来到人间
染黑了权力，毕兹卡没有下跪的地方朝拜
拿着镰刀和锤头，走向北方
修复满天的星辰和月痕，烟火里的尘埃落定

46

苞谷是一个寨子与另一个寨子的主粮
那满山耀眼的黄，是黄金的誓言
将饥荒放进去，发酵，酿成酒
是谁又在暴风骤雨中
将天地都灌醉

47

土豆种在土地里，从来不服软
风雪的利箭在弦上，不得不发
土豆却在弦上打坐参禅
种在肚子里的土豆
长成了一个民族的脊梁骨

48

红薯和土豆联手，在山坡上
潜心为饥荒打造墓碑，刻祖先的名字
猎枪与弓箭之间的战争
死于布满红薯和土豆的咒语
又是谁让它们在土司的天空下复活

第二辑

毕兹卡的歌

老　者

中午，老人选了一块荫凉地
以影子为背景，乘凉
风湿关节炎的钢针别在丈夫的腿骨
断了翅膀的鸟飞起来
像极了瘸腿的老头

儿媳妇吃斋，念经信佛，不信命
学校旁边的柳树下，女人递给儿子馒头和鸡蛋
树上，鸟正在搭建巢穴

儿子，在建筑工地拼接城市的骨头
却被铁钉偷走了一只眼睛
孙子的断骨头，需要爱焊接
不需要悲伤插手

他说，同志！我把养老金和低保金
捐给村里修路
老人抽出刀子，摁在苹果上
稍微用劲，黑夜成了两瓣

跋涉者

由云朵押解
每一步都有无影无踪的铁链拖后腿
他挑着母亲的老，妻子的病
艰难地跋涉在风雨的刀尖
身板跋涉成山峰，内心跋涉成流水
老虎在贫困的林子里
在乱石堆上，等待着跋涉者
掉进它的陷阱
他不愿成为老虎的俘虏
发誓与虎势不两立
他将苦与累抵押给青春
兑换成孩子的学费，妻子的苦药
将唇角的微笑，留在人间
祈求唤醒内心的菩萨
他在起早贪黑的火焰上跳着摆手舞
向命供奉出阳光
你看，黑猪、土鸡

是命运回馈给他的供果
男人走在山间小路上
云朵散开，亮出蓝蓝的胸膛

清理者

上帝念念有词，咒语顺着挡风玻璃流淌
黑色的云团又要来了
风没有找到落脚的地方
在树上，在烟地，在土豆地，在玉米地
到处乱摸。那些有纹路的叶片
低下头，看着地面
一位中年人，脸上雨水滂沱
提着油锯，走向刚刚倒在公路上的松树
锯开了松树的拦路虎

蹬崖者

悬崖，他背着水泥和砂
双手抓紧野葛藤，双脚的吸盘
像一把蒲扇，粘在崖石上
一寸一步，一步一寸
脚印的省略号，不断向天边延伸
只有鸟兽才能读懂含义
石头裂缝，放不下一片落叶
水，多像一群猴子，在崖顶一跃而下
傍晚的夕阳，落在背篓里
鲜血一样红

他是五保户，没有儿女，他说
“只要爬上悬崖，全村人都有水喝哒……”
他右手抓藤，左手
扯衣角擦汗，画出一幅山水素描
背景是悬崖上殷红夕阳

单身者

在冷风中行走，他忘记了打开翅膀
他的体温，无法融入蔚蓝的天空

苞谷烧顺着喉咙，掏出他的心窝子
他向星空告密，我酒后开小车（差）
碾碎了他苦涩的梦境

月亮露出半张脸，仿佛上帝打开的空门
他的妻子，从这道门走失，至今未归
整整一个星空，满是思念的泪滴

月亮在酒碗里，摇摇晃晃
他端起酒碗，一仰而尽
整个星空吞进了肚里

残疾者

——写给残疾人贫困户林运业

1

我承认，折了翅膀的鹰还是鹰
天空不是只为翅膀准备的
飞翔不一定靠翅膀
用心飞翔的鸟
才配得上叫鹰

2

面对残阳如血
他没有迷恋轮椅
他相信
站在大地上
才能与松竹比高低

3

风雨，波浪一样涌进身体
拍打摇摇晃晃的小木屋
他站在竹林里，向风雨坦白
是火偷吃了他的翅膀
连累了母亲

4

他坚决不用贫穷，垂钓
国家政策和党恩
于是，他拖着残腿
在田野里耕耘
像一枚草叶，摇曳出一抹金黄

5

我见到他时，已打开雨伞
背着火砖，艰难地，一瘸一拐地
走在风雨里
我相信，他的骨骼里有一道闪电
一定会划破风雨交加的黑夜

6

他咬着牙，强忍着
风雨的冰凉
他放下砖
露出肩膀上的血痕
像一束束滚烫的火焰

7

他忍住贫穷里的酸菜
他忍住汗水里的盐
他忍住凤凰涅槃的刀锋
他实在忍不住党的扶贫政策熬制的中药
解冻了翅膀的泪水

8

只有粮食，才不是陌生人
怕是能救命的缘故
他抱紧父亲的牌位
蹲着踩在农脉上
仔细辨认泥土的肥与瘦

9

蜜蜂有了翅膀，酿出了甘甜而醇香的蜜
他，不想在甜蜜上节外生枝
于是，他像蜜蜂的翅膀
爱上了稻花、苞谷花、牛王刺花……
爱上了百花盛开

捕鱼者

溇水有了船，再大的风浪也拦不住捕鱼者罗大爷
他每天都赶在月亮醒来之前
从酸甜苦辣处下网，到苦尽甘来处收网
多少次，他双脚踏着狂风的刀尖
双肩忍受着暴雨的皮鞭
双手紧握船桨，毫不放弃
一次次，从鬼门关验证他的倔强
山高水长，他流血汗不流泪水
艰辛与贫穷，沉重如磨
他却从不抱怨峡谷幽深，山峰陡峭
默默地从溇水体内取出渔火
照亮黑夜，从掌心的一道道沟壑里
拔出一条条银白色的鱼
与贫困决战，即使遍体鳞伤
脊背弯成一条河流
也要将一滴苦涩化成泉水
我在溇水岸边，遇见罗大爷的小舟
随着溇水河的波浪一晃一晃

养蜂者

贫困户老罗想把后半生
交给一群蜜蜂，把生活酿成蜜
于是，老罗把蜜蜂种在群峰之间

一箱蜜蜂就是一个世界
从一箱蜜蜂到十几箱蜜蜂
再到现在的几十箱蜜蜂
他常在晨曦和黄昏中
看着蜜蜂成群结队地在峡谷中飞舞

山峰，有了成群结队的蜜蜂
才不会倾斜，花才能在人间延续生命
云雾间，老罗如尘埃般渺小
却又那么伟岸
深山老林间的老罗，提着刚取出的蜂蜜
走在山间小路上，灌醉了夕阳

酒　者

喝醉酒后，老人穿着白色塑料雨衣
他以为，在雨雾中假扮白无常
就能亲眼见到儿子的鬼魂
然而，儿子扔给他的绝望
像一把铁锤，不断敲击他的胸口
儿媳改嫁他乡，像拆走他的脊梁骨
他在儿子生活过的溇水河
抱着已患绝症的命运
划着儿子的渔船
坚持在摇摇晃晃的风雨中撒网
无数黑夜里，老人网起的
都是白白的浪花

我见到老人时，他已在酒中
与悲痛和解
正举起闪亮的斧头，劈柴
渔船倒扣在屋檐下
铆钉已生锈

癌症患者

1

风的剃刀，穿过小树林
穿过山岗一片空旷
穿过她内心的洞穴
鸟醒着，却叫不出声来
她捏紧病历，找块石头
放在路口，与风窃窃私语

2

她活着，比死更难受
她时刻提醒自己，走路要稳些
站着要直些
她始终相信自己，会从黑夜里醒来
躲过宫颈癌的追杀

3

向彩月的孙女跪在琵琶树下
认真做着算术题
全是减法
最后一题，结果等于“0”

回家者

1

小木屋像一只飘摇不定的木船
渡了祖父渡父亲，陈进策在这只船上
送走了童年，如今
风的双手撕破脸皮
抢走木桨，撕开小白帆
野草来得很猛烈，迅速查封了渡口
青苔，与船绳通奸
生出一些绿茵茵的杂种
木头歪着脑袋，使劲撑住腰身

为了让船继续航行，陈进策
必须下海试航
寻找新的船桨和白帆
我们靠近船舱时
已经是草民的天下

2

夜色从树上溜下来
是如此支离破碎
整个夜晚的上半场，陈进策
高度关注毛毛虫在碎屑里爬行
毛毛虫从左到右，他从左到右
毛毛虫从右往左，他从右往左
毛毛虫前进，他前进
毛毛虫后退，他后退
像在一片沙漠里，迷茫的遥远
毛毛虫想家，越爬越远，越爬越有劲
他从相反的出口，把青春当给远方
挂在霓虹灯上，忽闪忽闪
像星辰

3

整个上午
他都拥有一片大海，和
一只飘荡不定的木船
突然间，用酒浸泡过的日子
变得六亲不认
化验单指认了凶手，是
脑瘤和肝硬化

好看的脸色溜走了，从脑内跑出
一些瘤，吸干生命的露水

陈进策坐在屋檐下，已经一个下午
他终于将痛苦咳出来
天空裂开一道伤口

4

冰雪封锁了进山的路，也封锁了出山的路
寒风的箭，从山峰的弦离去，下了山坡
陈进策在进山的路口停下，抱紧
一阵风，像抱着他的宿命

冰天雪地里，村庄像个哑巴
陌生的寂静，裹紧山峰的尸骨
他像远方来客，多想遭遇一些鸡鸣狗吠

在外消费生命多年，都是奔波买单
他仍是一堆空壳，唯一的收获
是漂泊教会他如何回家
他退出浪潮，麻雀一样回来
深林密竹，木房的沉船，原封不动
雪继续下着，他接住一朵雪花
问："上帝，我已回到人间!"

5

天空低下来，正在酝酿闪电
惊雷一说话，闪电的翅膀划破了天空
雨，越下越大
憋了半夜，陈进策才将忧伤笑出声来
他怎么也没想到
扶贫干部要来他家
他举起雨伞，走出新房
清理零碎的砖头，让喜庆进屋
没有人与扶贫抢道
我们在没有红灯的路口
揭穿贫穷的谎言
多年了，他终于握住了愉悦的手
我们离开时，挥手
看见他眼眶里有片辽阔的草原

忏悔者

在外头，陈兵像豹子一样
潜伏在花丛中
始终没有辨清风流与风光的含义

是癌症将他遣送回家
他坐在村部木椅上，像一个病句
形容词用得不恰当

在荒蛮之地与我相遇
他已是一株枯萎的芭茅
没有了毕露的锋芒
他说，想找一家破庙
把自己放进去，交给菩萨
如果有下辈子，情愿让妻子多点灯
多抄一些经书

陈兵吃力地走向曾经抛弃的小木屋
他看见，屋前的桃树早已枯死
突然，天空大雪纷飞

喘息者

风湿病的皮鞭，追着他的彩云抽打
几十年的奔跑，唯一的出路是大海
他的手脚被命运动了手脚
风湿病困扰了他多年
一口一口地啃噬着他的家底
这棵老树结满了风雨
人生的餐桌，风座无虚席

他的摇晃，像一个时代的喘息
儿子外出务工多年
儿媳送孙子读书，常年未归
依次在他的灯火中，燃为灰烬

经过他家的小路，杂草丛生
阳光的碎银，落在草叶上
根本不在意叶片的枯黄

哑　巴

暴雨过后，公路多处受损
哑巴扛着锄头、撮箕
从泥土里搬来很多石头
然后，填在洪水冲成的泥坑里

“好心人”叫他
“别犯傻了，这里有人管滴。”
哑巴默不作声，继续向坑里填石头

打开这段视频，我把目光从地平线
移向心平线，看了好久好久

吊脚楼里

1

老人坐在木椅子上，右手拿着黄瓜
左手拿着西红柿，都有浅浅的齿印
她闻闻黄瓜
又闻闻西红柿
然后，将 80 多年的时光啃掉了牙

2

吊脚楼的空旷
只容得下老人、一条狗和一只猫
老人将声音给了狗，黑夜不至于失声
岁月的一团麻就让给猫
好练习捕鼠

3

吊脚楼无须弯腰
需要弯腰的是吊脚楼里的老人
她要弯腰喂猫喂狗
她要弯腰除掉地里的杂草
更重要的是她要弯腰向岁月致敬

4

夏夜，老人坐在银杏树下
摇着蒲扇，蒲扇上下翻飞
童年的萤火虫，扑闪扑闪
年轻时，老人为 8 个子女扇风
现在，她在为守在身旁的狗和猫扇风

5

起风了，银杏树叶上
可听到细细的脚步声
也许是风赶路，也许是银杏树叶在喊母亲
不管怎样，子女还是将月光的银子
从风和树叶间塞了进来

撒　网

在和平，我活成了一条鱼
水太深太急，很难摸到一块石头
水的房间，存放着小木船
全部捐给贫困户使用，不限期
透过波浪的窗口，我窥见一位老者
在浪涛的刀刃上撒网
每一网都是星空

溇水的夜空，星光明亮
贫困户唐纯秋，在河面上弹奏浪涛的琵琶
鱼是月光的萤火虫
在琴弦上活蹦乱跳
唐春秋多么希望再撒一网
网起他弄丢多年的月亮

村文书

在农村，要善于跟泥巴打交道
否则，背后会生长舌头，戳脊梁骨
如果遇到天气不好，风会指手画脚
专挑残枝败叶欺负
扶贫专干站在乱石之间
照样能说出自己的语种
这些年，他一心铸造铁皮扁舟
风雨中来，浪尖上去
在山尖尖上收集汗水，化成清澈的溇水
取虔诚二两，在风口子上熬制草药
恰好能治山村的贫穷
他从自己的裤腰带上取出匕首
解开贫穷的第一粒纽扣，刮骨疗毒
取出扎进使命的肉体里的弹片
在危房，他拨正灯芯
不仅仅负责照路
还要引燃装满初心的火焰
事实上，党的好政策就是老百姓的指南针
在东山伐木，西山除草

是他的全部私生活
浓雾中，他停顿了一下
像一个神秘的蒙面人
带着一群“穷鬼”，练习腾空翻

科技特派员

1

他已怀上蜜蜂的甜蜜
飞越千山万水，从省城赶来
发誓要拯救大山里的麻雀
他在 36 度高温箱里面
传授“笨鸟先飞”秘籍

他主张，蜂农紧盯着的金黄蜂片
写满脱贫攻坚的经文

他反复讲述一只蜜蜂的梦
是如何形成的
中国梦就是如何形成的

2

他骑着一只蜜蜂

像一名威武霸气的将军
誓死要与炎热拼刺刀

他取出蜂箱片，说
蜜蜂并不是一个句号
而是无限循环的省略号
在他的讲述中
蜜蜂越来越不像蜜蜂
更像一个诗人
筑巢、飞行、酿蜜
都是分行排列

3

正午阳光，填满黝黑的脸
汗珠的光芒，耀眼闪烁
滴进了脚下的土地

他低下头，看着那些高出土地的
花蕾，需要蜜蜂才能打开
他承认，蜜蜂在花丛中的飞舞
不会行骗有火焰的土地

他讲解完毕
六月的阳光下
摇曳着三朵花
苞谷，蜜蜂，他

驻村干部

需要有船，才能渡人间苦难
深夜需要渔火，才有光亮
航行才不会迷失方向。驻村干部小向
站在河湄，像一棵河柳
知道溇水河的宽阔
适合竹篙撑船，适合惠民政策溶解于水
驻村干部小向将抛妻离子锻打成一把剪刀
一剪一剪，剪掉夜晚的孤独
驻村干部小向把私生活熬成白加黑
专治村庄伤风感冒
驻村干部小向将党的好政策搓成纽带
这头是党，那头是百姓
驻村干部小向像一缕清风
在新时代的林子里，走村串户
他一喊
村支书的小黑狗
就跑到了村口

第一书记

他心中，在偏僻的远方
种植了草原
即使荆棘丛生，乱石成堆
草叶枯黄，也阻挡不了辽阔与空旷
任由一群野马狂奔

那些在雨中奔跑的马匹，宛如一道道闪电
从人心最柔软的部分，打开黑夜的缺口
露出一些光亮，缠在泥泞的道路上
他站在雨中，扶起一只又一只摇晃的蚂蚁

在人间，谁的青春能逃脱岁月的风化
无法磨损的是初心，他说
“村不退出，户不脱贫
我绝不回城!”

村支书的夜晚

星星睡在山峰的乳房上，月光下
他点燃一支烟，坐在石头上，举起烟头
像举起一颗明亮的星星

林深处，一只雄壮的猫头鹰
在月影中叫醒深夜
迅速淹没整个山野的空洞

突然，电话铃声响起
女儿说，怎么整天没给她打电话
他说，他忙，在走访贫困户
女儿说，她等他回家全家人一起吃饭
他点头，夜空摇晃了几下

村主任

在群峰间行走多年
浓雾掩盖不住他内心的辽阔与苍茫
举手投足间，都是仁慈
粗茶淡饭出行，总有一枚善心
在人间修行
公文包换了一个又一个
他的心从来没有换过
他提着破烂的公文包，走进村口
生活的嘴角，一不小心便流出清香
星空下，他像一盏路灯
走在乡村小路上
草叶间，闪着明亮的星光
走着走着，山路变成了宽阔的水泥路

我站在河边，看着他用小船送走
最后一个学生，回到家
月亮才落入水中

副市长

副市长进村，他面对贫穷
狠狠地吼了一嗓子
在小溪边，他唱了一首
百姓爱听的山歌

副市长对驻村工作队说
与贫困过招
最致命的是花拳绣腿
他转身握着老乡的手，说
要想富，先修路

副市长是第一次来和平村
他沿溪水走向村庄深处
不断地扯阳光的衣角
擦掉额头上的汗珠

现在，有百姓站在村部门口

端着花生，橘子，苞谷酒
等着他们的亲人
唱一支山歌

乡村教师

1

这里，你是一片大海
海有多宽广
天空就有多辽阔
灯塔有多明亮
星星就有多耀眼

这里，你提前出发
因为你有很长的路要走
准备咽下比黑夜更漫长的孤独

这里，你活成了一棵大树
每一根枝条
都结满了星星

这里，现已入秋
你想好了，即使枯枝满身

也要寄存在人间
专等雪花张灯结彩

2

退休了，你把丈夫单独留在家里
带十几个小娃娃，独自流汗，和血

现在正是深夜，你批改作业
每打一个红“√”，就像发现了一片
漂亮的羽毛，让你兴奋不已

窗外，一棵老板栗树上
一只毛色光滑的松鼠，上下跳窜
你知道，松鼠与你一样快乐
因为，你晓得，老板栗树
是松鼠们离不开的乐园

女企业家

1

对于一辆轿车来说
学蛇爬行，在崇山峻岭间
并不是一件很容易的事
但并不妨碍女企业家，去
溇水岸边的和平村，倾听孩子们
鸟一样的叫声

2

三月的阳光
照在河面上，碎银般跳跃
她们似乎自带闪电
刚进院，校园里的鸟儿们
放纵翅膀，上下跳跃

3

她们天生是块磁铁
以母性的慈爱，吸引着一双双翅膀
爱是永不过期的糖
一个男孩，撒开糖纸
露出甜蜜蜜的阳光

4

三月的旷野，草木发芽
从山脚慢慢爬上山顶
小女孩拿着刚刚领到的新书
打开《小王子》的第一页
没有一个人认出
小女孩眼中的星光

茶叶辞

1

指尖的剪子轻点儿，不要弄疼了宫廷
有露珠的茶叶不要摘，以免打湿一个朝代
唱支桑植民歌吧，留在宫外
舞也跳一曲吧
毕竟茶园是舞台

2

把长得最老的那片叶子做成白茶吧
留给百姓，留给风花雪月吧
把有血汗的那片叶子也做成白茶
压成饼，经湖北鹤峰，上四川
驮到西藏吧，或者贡给朝廷

3

把血管空出一截
换片茶叶进去
不断流出来的是茶水，血汗
白茶传承人老唐，站在茶园里
天边的云彩，放牧着羊群

4

冷水泡茶慢慢儿浓
是禅，是道
白茶传承人老唐
泡出第一杯新茶
水中的茶叶，还是完整的自己

百岁老人

咀嚼一块苹果，用了 102 年的光阴
他坐在椅子上，不动，也不笑
像一只帆船，停靠在岁月的渡口
静静地打磨牙齿的匕首
拿出岁月的余光欢迎我们
眼神没有枯萎，能准确辨认
我们就是江湖的几片落叶
语言没有枯死，他说
他死后的家，就原址重建
如果需要办手续，千万不要为难政策
带几件换洗衣就行，好政策太多
他背不动。政策为他攒足了盘缠
路上小鬼不会为难他
草丛中的耳朵，藏得不深
他说，长寿的秘诀就是
让雨中赶路的树慢下来，仔细倾听
虫鸣鸟叫的死活

我们站在树下，向老人挥手
他坐在椅子上不动，不哭
像一支瘦骨嶙峋的洞箫
等待两股潮水吹奏

老　兵

在抗美援朝的战场上，他是机枪手
射杀过很多美国鬼子
他站在战友的血液里
是最后一颗子弹和意念
让他从刺刀下活了下来

回国后，他 6 次请求复员
与荒山荒地较量了半辈子
仍然不忘自己是一名机枪手
随时准备击毙饥饿，寒冷

他站在相依为命 60 多年的土地上
说，死后，请将他的尸首，和脑袋里
十几块弹片，埋进这块土地

溇水河的男人

1

男人经常下河捕鱼
鱼和网纠缠在一起
有时候是鱼死，也有时候是网破
男人的女人被唱山歌的野男人勾引
像野鸭一样飞走了

男人不再在河船上唱山歌
怕惊飞成双成对的野鸭

2

男人不再下河捕鱼
整天与酒鬼混在一起
有时候酒里有人，有时候酒里有鬼

男人喜欢坐在河边的石头上喝酒

喝醉了，就往河里扔石头
惊飞野鸭，砸碎水中的月亮

溇水河漏出酒窝窝
男人也跟着呵呵呵地笑

3

驻村工作队来以后
男人又开始下河捕鱼
银鱼，鲢鱼，虾米，有时候
小木船里，满是风雨

男人还是喜欢坐在河边的石头上喝酒
喝醉了，不再往河里扔石头
他看着水中的月亮
呵呵呵地笑

4

男人的儿子在外务工
好几年都没有回家
男人年年都喂猪，等儿子回家吃肉

听说儿子回家过年
男人杀年猪，一边灌香肠一边喝酒

5

给什么就拿什么
从来不吵不闹，不讨不要
全村人都说男人是个好贫困户

男人搬进易地搬迁新房
开口唱了一支山歌

夕阳下

夕阳下，老人坐在门槛上吃饭
背后的门虚掩着
鸡鸭狗猫进进出出
她的脸如同墓碑上的裂纹
深深浅浅，粗粗细细

她数着碗里的饭粒，像数光阴
数过来数过去，已经三遍
还是没找出最小的那粒
她夹起一块土豆，放进嘴里
再夹片辣椒，放进嘴里
额头上的老汗，如实说出了供词

她把骨头给了小狗
陪伴多年的猫舔了一下碗
潸然离开，跳进她眼中
虚空的墓门

吊脚楼上

母亲失语，是残疾
坚持留在家里，种几亩薄田
孩子放假后，也好有个家
父亲一只手，也是残疾
在工地上搬砖，从工地到工棚
这是他一生走的最远的路

儿子今年考上了大学，医学专业
他明白，学医不能治好父母的残疾
但是能治好生活的残疾

男孩拿着录取通知书
看着一只蝴蝶
在吊脚楼上飞舞

孤寡老人

天空的马蹄声，很张扬
像怡红院的琴声，跳进老人
裂开的骨缝里

老人没有子女，一定是他发现外甥
甜言蜜语中的春天
一定是他外甥，发现了老人的薄田
能生长出春天
他们才有说有笑地走出阳光院

84 岁了，他背着柴火往回走
路上遇见我，他说
活着自己养活自己
死后，有山水赡养，他让我放心

柴火从他佝偻的背上滚下来
夕阳也从山背滚了下去

五个光棍

终于，五个光棍在同一片林子里
最年轻的四十五岁，最大的六十五岁
林子里，有反复篡改的草木
一条腿的，在一棵松树下练习金鸡独立
患肝癌和脑瘤的，坐在树桩上
与生死讨价还价
两个体弱的，扯了两朵野花
插在牛粪上，笑而不语
年龄最大的那个，睡在草垛上
闭目养神

此时，夕阳坠下了悬崖

赤脚医生

1

河岸上的村庄并不宁静
经常被疾病的皮鞭抽出血丝
赤脚医生老陈，是村庄的手术刀
能切除村庄肿瘤

2

挖地三尺，也要找到
患心肌梗死的石头
找到长年咳嗽的芭茅
找到患支气管炎的布谷鸟
……
找到玉米地的病根

3

他往村庄嘴里塞满百草根
就像不同命运的乡亲
等待一只春燕，唤醒深夜的草场
每一次抽出虚拟的刀
村庄的羽毛就轻了半截

4

野兽从路口窜出来，露出獠牙
吓晕了来路上的哭声
没人愿意留在走几步就迷路的远方
他提着百草箱，走了一辈子
从迷雾中辨别出方向

5

从冰天雪地出发
他取出胸口的火焰
为落日熬制一副中草药
药汁刚刚抵达最痛处
患贫血的天空就红光满面
很多时候，他是在熬自己
只一个手势，就到了黄昏

易地搬迁户

贫困户唐纯秋搬进东城后
他只能在钢筋水泥之间散步
像掉完叶子的老树，无精打采
一只麻雀，从树梢上下来
在水泥地上啄沙子
他的心扑棱一下，刀绞一般痛

大山，才是草民的天下
唐纯秋回到老家，与 80 多岁的母亲
住进老木房子
种地，喂猪，养蜂，捕鱼

我再次遇见唐纯秋
他站在蜂群里，像一只蜂王
红光满面，蜜蜂飞进飞出

新　房

人世间，活着就是爬坡
必须掌控好上气不接下气的节奏

五保户涂作社患有炊烟综合征
遇到风雨，旧木房咳嗽不止
涂作社用传统方法治疗
一直不见效
为什么非要雪上加霜
为什么涂作社像一只蚂蚁
行走在热锅上

驻村工作队来了
推倒了他的旧房
挖脚，拖砖，砌墙

砖头像沉入心底的石头
终于落地了，四方四正

四平八稳，稳住了一些摇晃
涂作社站在沉默中，无话可说
他默默地起身
亲手盖好最后一片瓦

第三辑

河岸上的村庄

阳光明媚

路边的野花犹如骚情的寡妇
露出丰乳肥臀，无所顾忌
在和平村小路旁开放
想一想，这别具一格的幽香
扑进蜂箱，无非是酿成蜜
让生活比蜜还甜

香椿发芽，粉嫩粉嫩的
非得出人头地
站在枝头上，与蓝天白云比高低

石头刚刚露出虎牙
两名烟农就举起塑料薄膜
像被单一样铺在烟垄上
光芒闪闪

村级服务中心

别怪它，它需要生活在蓝天白云里
就任的时候，正是万物蓬勃
植于山上，它比山高
放牧于天下，它比云白
驻于星空，它如星宿一样小
在乡亲们眼里，它肚量大
能装下乡亲们的怨气和风雨
能化解篱笆边的唇枪舌剑
它是修炼多年，救世救难的菩萨
不仅仅收容乡亲们的灾难
还能化解血管里的毒
它善于弯下腰，清理伤口
它将家长里短连缀成脱贫通道
带着乡亲们在星光下赶路
寻找出口
我经过村级服务中心的时候
它正带着春风排练
如何将花香吹遍每个山头

晨　曲

早晨，天空敞开胸怀
白云的碎片飘落在蓝色纸上
大地苏醒过来，阳光的絮语很多
无数次抚摸山峰的高度
芭茅温存在阳光里
四周空茫茫一片
好半天我才弄明白
和平村的人民是一群蚂蚁
在土地上行走
似乎到处是路，而又不是路

荒野歌

枯黄的野草，收获了一地夺目的金黄
却仍在风中叹息，此时
蜘蛛屏住呼吸，冲出荒野的辽阔
在草尖与草尖之间，编织了一张网
网住了一枚鲜红的夕阳

一位乡亲抱着一个玉米和两个红薯
在荒野中奔跑
野菊花在路边观望
他跑一阵子，停下来
歇一会儿，跑一阵
跑成了夕阳下的一只蚂蚁

秋 雨

秋风亮不亮刀片
树叶还是落了
秋雨下与不下
人间还是降温了

秋雨被秋风摔在玻璃床上
啪啪地响
像是乡亲断了四根肋骨的
呻吟声

格桑花

秋风从山口跑来，拼命向我解释
银杏叶黄了，松针落了，格桑花败了
这些都不是它干的

格桑花是来自哪里的山神
为啥拿走了去往田园的小路
为啥赖着不走，挤兑草民
需要解释的太多，不如
相信秋风一回，让它带走所有的落叶
将人间的秋装邮寄给天庭

秋风吹来，格桑花还活着
不停地向我招手

溇　水

溇水从峡谷里踱步而来
细细的腰身，翡翠的脸蛋
有时，她追风而来
有时，她追雨而来
有时，她摇着木船而来
下暴雨时，她手持木棍
在浑浊的洪水中舞剑
无论我站在船上，还是浪尖上
溇水都矮我一截
矮得那么辽阔，那么深沉
我最喜欢河风爬上岸
挨家挨户地走访

雨过天晴

等待了一个黑夜，阳光终于顶替了风雨
彩虹悬在峡谷之巅，宽恕了墓碑
每一个风雨后都值得怀念
云雾像刚刚被洗过的棉花糖
化解了巫师的酒精，止住呕吐
鸟声醒来，像路过黑色的幸存者
服从了水，自觉地修复遗言

所有刚刚被饥饿释放的草民
清洗得那么干净，那么彻底
我掏出手机，留下了美好的证词

樱花开了

樱花开了
永远是和平村的红颜，生活的知己

你看看，看看那么多的春天哟
正在考虑，如何将一群蜜蜂
带回它们的家园

大雪没有来

都以为大雪将至，村民们聚在一起
深刻讨论雪的形状
如何让木炭在雪地里繁殖火焰

窗户披着坎肩，用土办法
与寒风对练刀枪不入
没有人怀疑女巫还在树丛中
撕心裂肺地喊了整夜

第二天清晨，大雪没有来
村庄的小路上
落叶满满

过　河

有波浪在摇曳着小船
有风摇曳着波浪
有小船摇曳着过渡人

寒风，小船
都是和平村的一部分
也是生命的一部分

天　空

天空有溪水的琴声
也有鸟的丝弦，那是整个和平村的远方

和平村的天空不甘心老去
用毕生精力为早晨赶制嫁衣

天空那么近，流水那么清
云朵钻进平静的河水
认真打量另一个自己
村主任老罗，和他身后的村庄
也在河水里
认真打量另一个村庄

落　叶

经过风雨的落叶
有黄色的，褐色的，红色的
它们都是树木掉下来的肉
闪着土地一样的光
允许狂风暴雨，允许阳光明媚

我来到它们身旁
将它们聚集在一起，堆成篝火
点燃后的声响
像挣扎，像低吟，像疼痛
而后，又像解脱，又像歌唱，又像喜悦

秋天之心

南瓜结满一块地
青的，黄的，大的，小的

数片枯黄的南瓜叶
似乎来自遥远的第四纪冰川
落日下，闪着金黄的光

夕阳灌醉了南瓜
誓死装饰秋天的辽阔

渐渐地，夕阳
耗尽了激情与慈悲，慢慢地
走成了和平村的南瓜饼

夜　景

在通往峡谷幽深的河道上
月光的碎银欢快地向前跳跃
温柔地牵出我们的小马

水的尖叫，开始响亮峡谷
清爽地咀嚼着石缝中的草
几只野鸭扑翅

我们共同认为，今夜
月亮的乳房如此饱满
草叶的嘴角，晃动着晶莹的乳汁

安置点

安置点的房子，在小溪边
自带白色光芒
应该唱首歌
把绿意盎然的草民
献给阳光下的黄瓜、辣椒、西红柿、南瓜

夏夜，如果从山顶往下看
新安装的路灯
像无数星辰闪烁

三两老者坐在小溪堤上
扇着蒲扇

溪水静静地流淌

农村电子商务平台

经过细心观察，我敢肯定
那些汗水腌制的干菜
出生于深山，成长于老林
一定是踩着小溪的肩膀
撕破晨雾，是为了
走出大山，去看大海
看！辣椒脸色红润，身子虽已成数段
火辣之心，粒粒可见
土豆憨厚，默不作声
双腮鼓起来，像澧水淘洗过的石头
豇豆皮服黝黑，一直瘦下来
瘦到城市健康的血脉里
蜂蜜金黄，从岩壁上走下来
闪着黄金般的光泽
……
它们有个共同的名字：土货
扑向网络，幸好
顾客不用担心会认错黑白
这些表里如一的土货

——坦白，手如何粗糙的底细
辽阔的胸怀，甲板上
全是农民兄弟，举着一盏
从泥巴里刨出来的航灯

村　庄

漫山遍野的阳光开始枯萎
经历过狂风暴雨，无数黑夜
是一种五彩缤纷的美
是一种宿命

霜花从炎热中醒过来
爬上了和平村精神矍铄的银杏树
村书记家的小黑，是黑夜分出来的一小块
追赶着秋风，屋檐下
田野里，山坡上

秋风挨家挨户喊着
“天干物燥，小心火烛”

无论春夏秋冬，富有与贫穷
村庄的月光，选择站在河岸上
必定有它的理由

生　活

生活是和平村的蜜蜂酿出来的蜜
甜里藏着许多辛酸
醇香里透着许多汗味

生活是和平村养蜂人的
几间小砖房，羞涩的女人
烧火，做饭，养鸡，喂猪，腌酸菜
给脏兮兮的女儿洗手
等男人披着夕阳，回家

生活是和平村的捕鱼人的
小木船，一张网，一河月色
放网，抽烟，扔石头
等鱼和月光全部落网
夜才宛如河水一样平静

生活是和平村的茶叶，药材和土豆
组成的团队
在阳光下，朝我们走来

山　泉

在和平村的山沟沟里
有许多山泉水
千百年来，他们静静地流淌
欢快地唱歌，像养在深闺的阿妹
等待来年春天的唢呐

与生命有关的
是和平村的山泉水
过去，阿哥挑水
养活了很多个饥饿的夜晚

和平村的山泉水默默地
献出自己的身体，亘古不变
驻村工作队将山泉水接到了每家每户
龚汉盛的母亲，从水龙头接满
一碗水，喝了一小口，说
咱山里的水就是这么甜

在和平村

在和平村，没有观音，也没有菩萨
只有天，地，国，亲，师
逢年过节，它们走下神龛
聚集在干净的堂屋里
讨论今年的收成，明年的前程
大年三十，村支书的父亲
在一张红纸上写好“天地国亲师位”
贴在堂屋的正中间
摆上猪头，点燃三炷香
跪下，朝神龛磕了三个头
我终于明白，和平村的
菩萨是如此虔诚

下雪啦

天空的羽毛洁白，如天使降临
和平村如此幸运，娶了上帝的新娘
洁白的婚纱，一直飘逸到河岸

大黄狗按捺不住内心的激动
整个村子里跑，窜来窜去
它真不知道，该如何去确认
哪一朵雪花是它自己

小女孩在自家的院子里
用雪堆出外出务工的父亲
静静地看着
她已无法用别的方式
描述整个院子里的白雪

村　小

比村部还小的是学校
其实，就是村部的一部分，在二楼
一间教室，一间办公室，一间活动室
一截旧钢管，一名老教师
十几个小学生

围墙外的枇杷树上
飞来一只喜鹊
停在这根枝头，又飞向
另一根枝头
足足有十分钟
这时，旧钢管制作的铃声响起
天空下起了小雪

悬　崖

上山，两三座悬崖，三四团迷雾
四五只羊在悬崖上练习轻功
五六栋民居靠近悬崖
一个人在等
另一个人，回到深山老林
天空干净得只剩下几块苍白

和平村的悬崖，是外出
儿子，女儿，父亲，母亲
容不下一株杂草

我在悬崖下，遇到镇守木房的
毕兹卡，指着峡谷里的溪水
说不出话

卫生室

村医老陈是和平村的速效救心丸
快速吃了几口饭
就向村卫生室跑去
这样的状态，需要多少年的修行啊

村医老陈宣判了不计其数的病人
病就是病，是无法申辩的事实
村医老陈背后是零零散散的西药，和
一个酒红色的中药柜
不出意外，迟早会被高科技没收

村医老陈随便抓几副草药
就能唤醒一座村庄
唤醒一个虎背熊腰的毕兹卡
从辰州符里走出来

夜宿和平

要一片林子，寂静而幽深
要两三间小木屋，站在夜的深邃里
要几处竹篱笆，围住妻子的羞涩
要一条小溪，潺潺流过梦境
要窗口钻进来的一束月光
为我穿上白衣裳
朗诵《床前明月光》
要一只猫头鹰，与我说话
我进入梦乡，它还在叽叽喳喳
要一只狗，叫住夜间回家的人
歇一歇，暖暖身子再赶路

广场舞

在易地搬迁安置点
老太们年纪那么大了，还不怕丑
拿着缠了黄布条的木棍
左转一圈，右转一圈
捶捶右肩，又捶捶左肩
蹲下，站起来，站起来，蹲下
一排排干净的微笑
活在一个屋檐下

路边野花丛中，一群蝴蝶
扇动着五颜六色的翅膀

春　夜

今夜下雨了，和平村显得更加神秘
它用淅淅沥沥的雨声，和
刚酿出来的米酒
留住了我们的憨厚和虔诚

男主人说，酒是粮食的精髓
脚边的大黄狗听不懂
我们似懂非懂
脸颊似红非红

酒过三巡，我们似醉非醉
坐在火坑边
聊天，烧土豆，屋顶上
又响起了雨声，似落非落
它们正在朝这边聚集
不知下一步，赶往哪里

漫山花儿开

和平村的三月，善于证明自己
彳亍在峡谷两岸，丛林之间
樱花、桃花、李花、梨花
相继出生

漫山花儿开
适合情歌生长
酒鬼老唐，养了十几桶蜜蜂
三头猪，几十只鸡
他在种的十多亩苞谷地里唱了一首情歌

又是一个漫山花儿开的季节
老唐唱着情歌迎娶了新娘

日　出

各色各样的鱼，游回涝水
它见过的，和没见过的
都是那么光鲜

一定是外面的世界
勾走了晨曦的魂
否则，不会那么急着出山

平心而论，我是希望晨曦出山的
更希望鱼返回涝水，返回和平村
返回涝水河的悬崖

和平村的晨曦，圆圆的
明亮地照在涝水河上
这么多年，河鱼寻找的太阳
被谁动过手脚
掉进河里，像碎银

麻雀解剖学

在白云吞噬黑色的下午
如果我英年早逝，请别奇怪
魂魄正在和平村解剖一只麻雀
翅膀是齐全的
只是风刮走了一些羽毛
很像新长的河柳叶
从骨骼上分析，翅膀还不硬
不适合长途飞翔
五脏六腑也是齐全的
肺上有几块斑点
卡住了呼吸
胃里有几根青草
还没有彻底腐烂成粪土
心房内有几块棱角分明的石头
至今还没完全落地
没经过嘴巴同意
手术刀就从屁股里取出一粒苞谷
我能忍受解剖麻雀的孤独
只差一步，就能看清
灵魂的晚霞
到底是不是炊烟遗落的火焰

烟花盛开

1

烟花盛开的时候，烤烟从脚部
开始慢慢成熟。烟农们
要掐掉烟花抑制烟秆长高
为每一张烟叶预留足够的养分
正如他们自己，除了棺材
都留给了子女

2

叶家界的天空，很矮
绿油油的烟叶，很饱满
很宽大，很满足
掐烟花的女人，从烟地里出来
红扑扑的脸膛盛开着一朵鲜艳的烟花

他担心星宿下凡

拿着烟花，对准黑夜的穴位
伸出一只手，仍遮不住天

他伸出另一只手
摘一朵烟花，蒙住眼睛
没用吹灰之力
就在黑夜里看清了五根手指

3

越过荒草，他拥有一块
靠近云和雾的烟地
他握着长满木瘤的锄把
穿过一排排烟叶
阻止荒草扩大势力范围

云和雾，是那些不说话的日子
停留在烟叶上，闪着金灿灿的光芒

4

叶家界有夜的孤独和苍凉
烟农像调皮捣蛋的三岁小孩
摸出打火机，点燃夜空

5

乌鸦去了远方，留下穷山恶水

有些醉意的烟农，举起黄金烟叶
像得手的蒙面人
“其实，只要肯从黑夜下手
就能战胜穷山恶水！”

和平村

1

和平村，土家族居民
离县城 50 多公里
山多，林密，水阔
为给千家万户送去光明
他们将田地和祖坟，捐给了水库

清明，龚汉盛朝溇水河磕头的样子
是那么虔诚
溇水河温柔而恬静地流过和平村
也是那么虔诚

2

和平村有座阴门山
那是生命之门
龚汉盛举着竹竿，朝天上一挥舞

两只野鸭扑着翅膀
溅起一层水花

3

和平村的早晨，码头倒映在水中
村庄的炊烟倒映在水中
大黄狗倒映在水中，它的眼睛蓄满了水

八十岁的老汉
让鱼贩子用每斤 5 元的价格
买走了一个通宵

4

懂得溇水的不仅仅有鱼
还有深埋水中的稻田和祖坟

暮色中，那个放生网箱鱼的人
望着远游的鱼群，他
泪眼婆娑

5

天亮以后，闪着白色的光芒
那个育烤烟苗的人，在大棚内
摸摸绿油油的烟苗，那满足的样子

多美呀，似乎日子也美了起来

塑料大棚顶上
一轮红日悄然升起

第四辑

滚烫的血液

进村记

2018 年 4 月 1 日，愚人节
两小时车程后，我准时进村

暮色中，河面上除了渔灯还是渔灯
除了寂静还是寂静

村主任的小船绕开一盏渔灯，又一盏
渔灯，宛如夜空掉下来的星星

村支书家的小黑，第一次认识我
友好而热情，似乎认出我是远道而来的至亲

弹琴记

夕阳醉了的时候，远道而来的我
在漤水河岸，弹奏着曲子

突然，断了一根丝弦
修复好，再弹
丝弦再断，再修复
又弹，又断，又修复

我如痴如醉地弹着曲子
琴弦断了多少次
只有我知道

拆危房记

抗美援朝老兵对居住了几十年的
老木房保持高度的信任
我还记得，他看我的眼神
也保持着高度信任
终于，他答应拆掉危房
搬进新房子里去

老木房倒下的那一刻
抗美援朝老兵，正站在一棵红枫树下
向老木房敬了一个军礼

憎恨歌

我并不憎恨这个村庄
风来了
为什么那么多草民
朝我点头哈腰

面对来势汹汹的风雨
我站在它们中间
想扶谁都感觉力不从心
拨开草丛，发现
柔软来自根部

捡瓦记

1

青瓦就别换，加点儿旧瓦就行了
还是保持原来的主色调
日子长了，琉璃瓦长不出像样的青苔
加几片玻璃亮瓦，便于采摘阳光
关键是躺在床上就能看见星空

2

暴雨过后，只要梦没打湿
打湿的地枕板就不换了
把老瓦缝隙里的旧时光打扫干净
让爱住进来
与月光惺惺相惜

3

老钟头同意了我的方案
从老屋场捡回一些旧黑瓦
加到屋脊上，好安放更多的落叶和白雪
瓦与瓦之间靠紧些
才适合猫在屋顶上追捕老鼠

4

碎了的瓦片别扔了
用来垫高屋檐
下暴雨的时候
可以缓冲一下雨速
那么多雨水，不会残忍地砸到地面上

5

剩下的碎瓦片，岁月的硬度依然在
就铺到泥巴路上，要宽一点儿
最好能容纳鸡鸭狗猫并排走
哦，对了，碎瓦片里别掺石头
日子长了，怕认不出

惊鸦记

与一群乌鸦相遇
源自一只猫的死亡

乌鸦包围过来
用嘴啄猫的皮毛
皮毛很薄，很快
猫的五脏六腑暴露出来

同事一声怒吼
乌鸦飞起，猫肠也飞起来

乌鸦在树枝上，眼巴巴地
看着我们把半条猫尸埋进土里
乌鸦嘴不停地说
“老子啃个死尸，你也管?!”

一个贫困户的申请

一个男人走进村部
推开门的瞬间
阳光跟着他走了进来
皮肤黝黑发亮，眼神坚毅
戴着一顶牛仔式迷彩帽
微笑挂在嘴角，像含苞待放的花蕾

男人递给我一张纸条，斩钉截铁地说
“我要退出贫困户”
我看纸条，大概意思是讲
种烤烟 50 亩，年收入 20 万元
特申请退出贫困户

暴风雨

溇水的纯粹死于一场暴风雨
泥沙俱下，裹着生的尸骨
用水超度的死，一时半会儿没有结局

涨满洪水的青铜剑，锈迹斑斑
暴雨卷来的枯枝败叶，尘缘未了
不愿意进入水底 ，剃度修行

敢与洪水叫板的是一条小木船
有人忙叫住村主任
“别去，危险！胡章权的屋不得垮”

窗里窗外

清晨，一窗微弱的灯光
三棵树和我，陪着男人和小女孩醒来
木门半张着嘴，无力说出内心的明亮
男人，你将一生打包送给小女孩吧
哦，屋内那盏灯光别忘了
至于我，你就不打包了
我有我的幸福，看满山坡的羊
安静地吃草

撞船记

我的结对户老唐打来电话
今天早上 5 点，捕鱼回来的路上
他的船被别人的船撞翻了
船烂了，手机也掉水里头了
对方是否受伤，对方的船是否撞烂
对方的手机是否掉河里
他却只字未提
他说，我是他的结对帮扶责任人
应该为他撑腰，要赔偿
我说，赔船，还行
腰板不硬，也难撑呀

后来，村辅警告诉我
老唐答应，撞船责任四六分

搬家记

首先请家神“天地国亲师”归位
请上堂屋正面的神龛
岁岁平安，年年丰收
再请炭火进屋吧
放到堂屋中央，日子越过越红火
三请锅碗瓢盆
放到厨房吧，日子顿顿丰盈
四请床柜沙发椅子棉被
找准各自位置摆好后
其他杂物就不请啦
此时，大山的雾霭散开
胡章权站在新屋前面
决定放弃
在外漂泊的日子

寻水记

在和平村的大山里
我们不能是一只山鼠，返回
到洞穴中。更不能是一头猛狮
冲进荆棘的刺刀
暮色中的荒野
只剩下驻村队员向阳，村主任，我
还有搁浅在西山的夕阳
我们是三堆移动的火焰
在山野中穿行。我怕
天黑前，我们还找不到水源
更怕乡亲们认不出我们

寻人记

深夜，暴风雨
扇着树叶和草叶的耳光
所有虫鸟熄灭叫喊

我们举着手电筒，敲开一扇门
到另一扇门，出来
山水拦住了小路

夜雨中，我们想起了坟墓
可我们对走在坟墓中毫无知觉
墓碑中，手电光发现了老人
她像一块有呼吸的墓碑，微弱地
倒在草民的怀中

儿子背着她走出墓地
暴雨如注

购鱼记

我们签好了订单
他定期向我销售黑夜

他添几条鱼，秤不够旺
他又添几条鱼，秤仍然不够旺
他连续添了好几次鱼
才称出一个把不住秤砣的旺秤

我说多称了八两
他说只有半斤

转移记

手电筒灯是雨夜的眼睛
相信它不会将我们带进深渊

我们敲醒老夫妇的深夜
借助他们的睡眼
我们看清了水泥塔的裂缝
足够吞下我的担心

女人提着灯，像
一次出远门的修行
一路上大雨淋漓

作为夜雨人，我们在泥水中的
脚印如此之近

过河记

太阳刚落下，天空就低矮下来
寂静由远及近，像原始森林
萤火虫飞来飞去

渔民
习惯了渔火照亮夜晚
习惯了黑夜行舟
习惯了侧耳倾听流水的琴声
习惯了看溇水河落满星辰

驻村队员向阳，抓住舟弦
像抓到了贫穷的尾巴，死死不放
他怕，这一放
会错过千年

喜欢河两岸的鸟鸣虫吟
喜欢小木船靠近渔火
喜欢河风从峡谷中赶来
喜欢溇水河上的渔火，像闪烁的星星

救人记

星光闪烁天空的夜晚，他站在小木船上
准备撒最后一网，捞出水里的星辰
他取出网，站在星空下
像出征的战士，双手轻轻一抖
渔网散开，扑向河里
妻子看着他和渔网一起跳入水中
像暴风雨前的炸雷声
高高的水花，一层一层荡漾的波浪
最终消失，然后归于平静
溇水河关闭了他的呼吸

尸体从妻子的眼泪中浮出水面
她抱着冰冷的丈夫，像抱着一块湿漉漉的石头
一声不应，两声不应，喊三声，也不应
他还是默默地闭着眼睛

村支书将木桨塞进他手中
“兄弟，带上吧，天上有条银河。”

讲党课记

一双双眼睛，看着我
渴望大于寂静
阳光尾随一只蜜蜂
飞进了窗户
我放弃释出所有啄木鸟
看着台下发光的事物

很多美丽的村庄
都有一扇窗户，一束阳光，一只蜜蜂
台下，掌声响起
像磨刀霍霍的声音

爬山记

费了九牛二虎之力，爬到了山顶
山那边，云朵舒展
天空，云朵舒展
头顶上，云朵舒展
身边，烤烟叶舒展

山下
新修的砖瓦房
闪着光芒
溇水河蜿蜒地经过和平村
闪着光芒

山顶的风，牵走烤烟花里的一只蜜蜂
起身，下山
阳光像丝光棉的衬衫，柔软而笔挺

入村记

峡谷幽深，必须从河上
摸过去，才能抵达和平村

风踩着水花肩膀，爬上树
奔走相告：“你看，又来了个傻瓜！”

村主任驾着扁舟，像导航仪
准确地辨出浪花的高低
看样子，天黑时，能准时赶到和平村
趁着夕阳还未燃尽交出翅膀

上岸，路灯亮起
走每一步，都在明处
绝不让黑与白，昼与夜纠缠不清
路有路的实实在在，我有我的坦坦荡荡
黑有黑的黑，白有白的白

犬吠，像一块棉花糖
堵在村口

摆渡记

摆渡，是为了打探深秋里的
火焰，是否已燃尽
火焰上的村庄，是否浮出水面
白色浪花是否洗净岸边

与村庄只有一条河的距离
却需要一生一世摆渡
从扶贫的出口，拿到船票
与县水利局的吴主任，各自凭票过渡

村主任像个老船夫，摇着木桨
惊起两岸的野鸭
此刻，真想宽恕自己

修路记

芭茅已经疯狂地长上了天，必须
修一条宽阔的黄土路，让草民下山

轰隆隆的机械声，是大地翻身的绝响
一些岩石震碎，摁进大地
路有了石头般的坚硬

挖掘机每翻开一页
都是我未读过的绝世秘籍
是辽阔的绝学

雄鹰飞翔，跟我一样
都相信哈达一定能飘到天边

喝酒记

杯子很小，只装得下两个人
一人在杯底，一人在杯外
举杯，为映山红干杯
为石头开花干杯
为路灯亮起来干杯
为水泥路修到我家干杯
为烤烟叶丰收干杯
……兄弟，干杯

星星醉了，月亮醉了
为了不掉队，干
我们都醉了

看水记

看见没，水的绿卡纸，画几条船
溇水就鲜活起来

看见没，和平村的水，没有那么绝情
缓缓地流动，足以让阿妹看清自己

看见没，阿哥阿妹坐在河边
“看，阿妹，两只野鸭游进了草丛!”
“不，那是一对鸳鸯。”

送人记

暴雨中，很多事物让人感动
正在清理泥石流的
搬路边石头的
深夜，送小女孩回家的
……
驻村队员向阳背着小女孩
一步一步扎进齐膝盖深的稀泥里

雨停了
清理过的夜晚
像天空一样寂静

入林记

在林子里走，我想看看林子是不是透风
我想看看阳光能不能漏下来
我想听听落叶是怎样发出声音
风在林子里怎样叫喊

这儿的虫鸟摇响铜铃，那悦耳的声音
一直扑向深林
这儿的枯枝和落叶，死得干净
脚下，仍能听见炸裂的声音
这儿的石头，粗犷、敦实
适合坐一个下午，听
风打芭蕉的琴声

阳光漏下来，照在落叶上
照在芭蕉叶上，照在石头上
照在枯枝的蚂蚁身上
此刻，整个林子透亮起来

夜航记

山像落水的大王
趁着夜色，悄悄摸入水中
举起一把黑色的铁锤
不问青红皂白
拦住了我们的去路

趁着月色，绕着山走
不能硬碰硬呀
枯木从水中杀出来，拿刀就砍
船体哐当哐当地响起来
船尾，马达溅起来的浪花
像一截来历不明的白骨
也许，疼痛需要喊出来
心才会停止鼓声，静如夜空

奔跑记

下雨时，别问我在哪里？
我在和平村的雨中奔跑

闪电的手枪，指着我的脑壳
逼我供出苦的证词
野草的汉字，必须借雨还魂
奔跑是为淋更少的雨，或者不淋雨
春风沿着溇水奔跑
我顺着春风奔跑
再有一公里，都能见到微笑

养蜂人罗志兵也在奔跑
再有一公里
就能见到他家窗户里的那盏灯

聊天记

紫云英开在老人屋前，我们聊着花香
聊着她的儿子，出了远门
在建筑工地辗转数日，无果
她茫然的神情，揪着我的心

我们接着聊菜园里的韭菜
是从老屋移栽，走了那么远的路
经过了生死，依旧郁郁葱葱

我们又聊聊茶园
精心照料下，茶叶早已发出新芽
胖嘟嘟的
像极了儿媳带走的孙子

走的时候
暮色照亮紫云英的花瓣

走访记

1

她家是建档立卡贫困户
喜欢面对阳光诉苦
女儿多年不在人间尽孝
远走天堂就业
靠擦星星的窗户为生
女婿跟山上的杜鹃花走了
留个念想延续香火
男人抱着一块砖头
在黑夜里奔跑
想赶在寒风到达之前
堵住生活的缺口
自从心血兑换成货款
就开始替两层砖房还债
她甩掉低保户后
仍然有芭茅把她划出血口
她坐在我斜对面

如刚浮出水面的落水鸡
毛湿透，两眼紧抓我的目光
拼命泅渡

2

我们面对面隔河聊天
聊到玉米，头顶闪着黑光
聊到土豆，便知哪层土壤更黑暗
聊到吃草的猪，吃相狼狈
聊到割了子宫的麻雀
调整了鸣叫的方位
聊到两个背书包的吸血虫
啃出一道血痕
聊到打工岁月，尘埃落满头盔
无法兑换合脚的晨光
当我们靠着一棵黄柏树苗
到达彼此的彼岸时
刚好聊到生活的本质
总是不按章法出牌
一手好牌措手不及
大王还在手里

3

屋前没有狗叫
屋后没有鸡鸣

空旷，死一般宁静
我推开栅栏，碰响木门的吱呀
老人半躺在木椅上
侧耳倾听远处传来一声鸟叫
老人说，儿子带着全家去了远方
儿媳的乳腺癌领着整个家
走进荆棘，身前还横着一条河流
再也找不到来时的路
幸好，去年添了一个孙子
是儿媳向命运索取的一小段阳光
是上帝恩惠给他家的星空
我的到来，似乎能打开黑夜里的光明
老人撑着栏杆，内心暗藏的慈祥
走出丛林，裸露在阳光下
走出栅栏，长长的身影
像老人的依依不舍
沉重地拖在我身后

4

这一年，他捣出心来与命运决斗
把困苦放在黑夜里
和着汗水搅拌
反复擦患有胰腺炎的金银花
他领着我，看猪栏、鸡舍、一亩三分地
一只鹰在他内心里号叫
猪是黑猪，宛如黑色火焰

点燃他的笑容
鸡是黑鸡，二话不说
吃掉土壤里的虫子
屋前的油菜荚，饱满如乳房
翘首祈盼收割的人儿
他指着门前的油菜田，说
“你看！我把油菜种成了翡翠
我放弃易地搬迁！”
他点燃一支烟
吧嗒，吧嗒
烟火越抽越红

5

大山的肩膀，还是未能扛起夕阳
滑落是一个轮回的必然
他划着小木桨，靠近幽深
骨髓里的大河，波浪不宽
能容下一叶扁舟
岁月的猎枪，击破白帆
他在河与家之间，做蛇形折返跑
看清生活是河面跳跃的灯光
鱼的眼睛，看穿河的秘密
野鸳鸯扑腾双翅
剪出水的皱纹，多像眼前的男人
河岸边，生锈的石头
需要水来打磨光泽

我深信，他血管里的水草
与我的血液一样深

6

路，土得掉渣
从河水里挣扎一下，爬起来
拐弯抹角，逃进草丛
多像贫困户唐纯秋的一生
丛林中，他抱着酒坛子
把人间的苦涩，一仰而尽
看到我从草丛里出来
他笑，以为遇到了菩萨
笑得轮子刹不住车
似乎人间所有喜怒哀乐
都飘落了云彩
阳光明媚，草木太深
淹没了笑语声

7

平心而论，那些站在树尖翘首盼望的
是阔叶的十大功劳果实
每家每户都结满了这些果子
饱满而光鲜，需要阳光雨露
比如哑巴老人，站在屋檐下
拄着拐杖，像一只千年老龟

笨手笨脚，对着天空，指东指西
像是要将病魔扔回给上帝
他以为，儿子长大成人
就是他修成正果的良辰吉日
看样子，他内心长满果子
幸福在悬崖边迷了路
当我们离开时，不知何时
厚厚的白雾散开，露出洁白的骨头

8

看见我们出现在吊脚楼下
他精神分裂症的妻子连忙说
感谢党！感谢政府
每次都只说这一句

房子里微弱的光亮
有力无力地趴在岁月熏黑的板壁上
各种物什，摆放凌乱，反复被日子打磨

他如吸毒一样抽着纸烟
眼角和额头的裂缝，在烟雾中加深了一些
关于房子的事，我们反复谈论
他要照顾老伴，还是不愿意再倒腾房子
如果房子垮掉，他们情愿与房子合葬

后来，我们去他家走访

他们住进了维修加固过的房子
及时缝补了生活的裂纹
可他妻子仍然只会说
感谢党！感谢政府

9

浓雾慢慢围拢来，掩埋群峰
似乎毫不情愿地活埋发炎疮疱
不可告人的秘密，即将死于非命
幸亏，我们揪住了疼痛的盲肠，赶着
露水，在树与草之间奔走

他心中流淌着一条浑浊的河流
看不清是哪块石头，让他过不去这个坎
他坐在我们对面，像秋后问斩的水稻
失去了饱满的谷粒
是谁偷走了水中明月
是谁让他的居所落满尘埃
山风叩响柴门，从伤口处溜进来
不断地掐死我的语言
我只能指着火坑的火焰
他终于明白，应该宽恕浓雾
只有内心的篝火，才能驱散雾霾

10

出发前，我确定油箱已加满

推开车窗，风扑面而来
仿佛时光并未衰老
依然在草叶上，霍霍霍地打磨一把匕首
如果是精耕细作
我发誓要铲除一些杂草
小木屋里，我们遇到一些鸟鸣
没弄出动静，就造了一片森林
连通两个人的脐带，是一条砂石路
容易上，却没有台阶下
他说，国家好，政策好，党的干部好
仿佛自己是上帝任命的君王
再上一个台阶，就到了他的王府

11

我沉迷于一条河，浪花的灯火
在滗水河面，闪闪烁烁

我们举着夜的火把来看他
他已经完成卧倒
随时扣动生命的扳机
听见我们空手而来，他拿出
箱底积攒了 80 多年的力气
从一堆杂草中爬出来
用感恩的柳条，修补我们的空篮子

牧羊记

牧羊的最高境界，是不用羊鞭
羊就能听懂人话

胖女人像一位女将军
在半山腰上，牧羊
像指挥一场攻城拔寨的战斗
羊扇形排开，埋头吃草
像工兵排雷一样

在羊和草之间，是胖女人
是白云，是蓝天
在蓝天和胖女人之间，是羊群

傍晚，赶着羊群下山
照样不用羊鞭
羊群乖乖地朝炊烟的方向走
身后的夕阳
像一枚红色勋章

雨中记

1

风雨像一群施暴者
不断地强制拆除我的防火墙
后面有头野兽，已攻破森林的堡垒
防不胜防。我骑着一匹马
从信誓旦旦的缺口，起程
迎头碰见，提马灯的夜行者
甩不掉自己的影子
只能抱着自己的肉体
疯子一样，从妻子的诱惑中私奔
点亮心的马灯，奔向和平村
这里，还是季节性缺少喜鹊
山脚下，河水还在猛涨

2

整个夜晚，和平村的雨水最多

但没有多少人看出来
我和驻村队员，在和平村
为夜雨中行走的人搬掉路上的石头
山体滑落，像我们的伤口
雨越大，我们就越痛

索命鬼迟迟没有动手
也许，它们接到指令
今晚
允许有雨声，不允许有哭声

蓝天下

蓝天下
鲜花倾巢而出，细数房檐上的阳光
夕阳推着童车，在村道上散步
男人的光膀子上，闪着黝黑的光芒
我驻足，故事
翻阅到花粉的第一章
他说，他带着冬天走南闯北多年
生活像光秃秃的树
连个鸟窝都无法悬挂
从老山界搬下山，是他这辈子想不到的
他又说，负担减肥成功
没了赘肉奔跑，轻快了许多
在久违的蓝天下聊天
潺潺的小溪
从我们身后流过

天刚蒙蒙亮

有些歌唱和飞翔
昨天晚上已经完成
月亮从房顶上开始撤退
起床，穿衣，刷牙，洗脸
喊醒睡梦中的驻村队员，然后
推开窗户，确认
月亮撤退完毕

村支书在屋外，喊
“走啊，大太阳出来后摘的烤烟
烤不好。乘凉快，赶快走”

迷路记

亲爱的我呀，你要去哪里？
舌头的刀子磨了吗？吐出嘴会伤人吗？
和平村的星辰落入草丛了吗？
和平村的月亮，是猴子捞起来的吗？

我，亲爱的我呀
我不能离开你，假如你走失
我会落入闪电，被雨水洗劫一空

我呀，亲爱的我
你就成全我，别往前走了
咱们合二为一吧
磨嘴皮的刀子，拼接波纹的月亮
寻找草丛的星辰

站住！我！
芭茅丛没有狐仙，你不会修炼成精

往　事

他将八头牛赶上山
沿着小路回家
背后，夕阳挂在树枝上
宛如天空滴的一滴血

他拿个旧刀把
敲响旧洗脸盆，唱着往事
村部围满了人，有人说
有本事的话，你到镇政府敲去

半年后，他从精神病院出来两个月
我们去看他，八头牛还在
旧洗脸盆躺在屋角
掉瓷的地方生满锈迹

疼　痛

从县医院转诊到市医院，只需半个小时
小女孩却走了一生
她独自一人躺在风雨中
眼睛里的篝火已熄灭
灰烬渐渐掩盖了城市的灯火
猛然，风雨
不再敲打她的疼痛
医生说，他们尽力了
母亲听到这个消息，使劲摁胸口
坐在地上，像一张揉皱而湿润的旧报纸
怎么扶也扶不起来
医院外面，太阳抓着大地的掌纹
从女孩的窗前经过
迟迟没有宣判《十宗罪》有罪

听人说

他似乎有足够的证据
扳倒心中的黑暗
他听人说，村主任是村痞村霸
他听人说，村书记中饱私囊
他听人说，村文书贪污了几百万
……

我听人说，他被自己下了蛊

小土堆

他丧子三年了
三年没有外出务工
靠种玉米和土豆养家糊口
患有癫痫病且有残疾的小儿子
吃力地转动轮椅，想去小树林里
看看哥哥的坟墓
他推着小儿子的轮椅
像推着一块沉重的石头
肌肉凸起，脸色涨红
腰弯成了暴雨后的彩虹
小儿子坐在哥哥的坟墓前
发现坟头已经长出一根山竹

劝架记

你们是怎么认识的
她说，是因为她孩子治病

你喜欢草药郎中什么
她说，他治好了她孩子的病

你们为什么结婚
她说，他治好了她孩子的病

你们为什么吵架
她说，他跟前妻有瓜葛

你为什么要跟他离婚
她说，他跟前妻有瓜葛

你为什么与前妻有瓜葛
他说，前妻有病，是外地人

你为什么给前妻钱

他说，前妻有病，是外地人

我们对她说，像这样的男人
你还要他干啥，你傻呀

第二天，他们手牵手
在村子里的小树林散步

医疗费

假如87岁五保户的冬天没有雪
假如他父亲不为五保户砍柴
假如一棵树没砸中他父亲的脑袋
假如他有钱交医疗费
假如不需要救命
他跟五保户的侄子就不会拍桌子
就不会逼着五保户卖棺材交医疗费

五保户的双眼盯着微弱的灯光
叹了一口气："我拿一万块钱，先救命。
不够的话，再卖棺材。"

狗羊之死

他们告诉我，羊是被狗咬死的
强烈要求惩治狗命

一个说，羊是黑羊，放在荒野
狗是乘人不备，扑倒羊的
另一个说，羊是散养的，在山顶草丛里
他看见时，狗满嘴是血
一个又说，狗是条母狗
见人就跑，见羊就咬
你是驻村干部，得为羊做主呀
……

我拿 100 块钱买下了狗命

要低保

第一次来，陈和烟要低保
拒绝了，因为大儿子购有商品房
第二次来，陈和烟要低保
拒绝了，因为二儿子在外务工
第三次，是陈和烟和村干部一起来的
仍然是要低保，因为二儿子去世了
这次
我们开发了一个公益性岗位
填补了她二儿子的空缺

订 单

养的鸡，我买
鸡下的蛋，我买
种的雪莲果，我买
采的茶叶，我买
……
就这样定了

今天，贫困户张纯菊请我吃杀猪饭
印象中，这个没有下订单

雨夜记

一个雨夜，一条山路，一座悬崖
一个人，一支手电筒
电筒光比星光明亮

照在草叶上，草叶闪着光芒
照在路上的水凼里，水闪着光芒
照在雨中，雨闪着光芒
照在雨衣上，雨衣闪着光芒

突然敲醒木门，喊
“老乡，赶快转移，下暴雨哒，怕垮山”

散步记

晚饭后，我们沿着公路散步
许多村民也沿着公路散步
路两边的绿植旺盛
菜地里的辣椒，青的青，紫的紫
许多苞谷秆挂了两颗苞谷坨
红薯地，荒地
绿意盎然
生祭碑拆哒，只剩一堆石头
在草丛中
前面的小女孩，尖叫
快看，夕阳点燃了天上的云

回村记

我们站在村部，远处的两棵老柳树
还是老样子
天气炎热，农民工在老柳树下
铺瓷砖，擦汗
像牛吃草的声音
我们的左边，是三个赤膊壮汉
他们掀开屋顶，曾经的教室明亮了许多
我们坐下来，讨论村史馆的效果图
总感觉缺少两棵柳树的高度
天色渐渐暗下来，我们决定
从孔夫子开始，再加一座廊桥，和
孔夫子庙